句集

弄花

田丸千種

Rōka

Tamaru Chigusa

朔出版

句集　弄花　目次

句集

弄花

夏雲多

七十句

別棟の書院へ運ぶ豆御飯

住職の杞陽もてなす豆御飯

宇治川はやがて淀川夏あざみ

トラックの上下で話す麦の出来

文弱の父も逝きたり業平忌

彼方見てをり草笛を吹きながら

桑の実や山懐に人も容れ

来られざる人へ寄せ書きマーガレット

小海線の一番列車仏法僧

風薫る滝頭より人の声

夏山を食らひ牛の仔育ちゆく

雪渓やルオーの太き輪郭線

夕郭公短き旅を惜しむなり

水ほどに形代流れゆかざりし

鴨川へ散らすかはほり東山

打水をまゐらせ門の道祖神

優曇華や都の野暮を遠くしぬ

箱庭の古城に作る大広間

灯涼しナイフフフォークでミルフィーユ

埃積む虚子積年の蠅叩

虎ヶ雨鴫立庵に主客あり

師の部屋に芸妓の名ある古団扇

尼寺の尼たくましく水を打つ

信心のかたちの一つ梅を干す

老ゆること恐ろしと黴拭きにけり

玉虫の火傷しさうな翅拾ふ

突堤は昔のかたち夜光虫

青田風同じところを凹ませて

草蛍夕闇ひとつづつ太る

ほうたるの飛んで世話物めける闇

霊山の気に色あらば九輪草

仁王像足下に潜む黴の冷え

美男逝き美女逝くさくらんぼをつまむ

短夜や観世宝生見比べて

楽しみは先取りする派うなぎめし

燭秉つて夜こそ遊ばん傘雨の忌

羽脱鳥ものうき首を沼へ差し

尺蠖と名付けて虫を休ませず

盛り上がる形に崩れ蟻地獄

水曜は週の真ん中虹立てり

ガーベラの一本づつを試験管

生き死にのなき吹かれやう蛇の衣

人間の三歩先ゆく道をしへ

三ツ矢サイダーのコップに水中花

新じやがへひとふりマルタ島の塩

流行に頓着もなき夜店かな

鴨川の水を産湯とせし裸

歌ふやうスペイン広場の氷売

瀬戸内に大小の島浮いてこい
吸うて浮き吐いて沈んでゆく海月

内側を見せずに海月透きとほる

髪切つて旅券申請雲の峰

出不精が出かけてばかり避暑三日

星涼し仏蘭西製の紙石鹸

夜のための花束隠す冷蔵庫

くづ金魚なり美しく灯を散らし

スクリーン大きくよぎる火蛾の影

夏帽子勝気な瞳潜ませて

待ち人は来ず炎天に溶けたらし
ストローが風にまはるやアイスコーヒー

アイスクリーム製造機乗せ渡し舟

夏痩やラフマニノフを弾きおほす

河口まで来て空蟬となりにけり

山の灯も月も網戸の網の中

魂 の 遅 れ て 届 く 昼 寝 覚

じんべさん着たまま外へ行かんといて

炎昼や東京少しづつ老いぬ

夕郭公師の訃を告げてをりしとは

開きある書物に戻る夜の秋

悼　森田昇先生

短檠を涼しく灯し下されし

秋月揚

七十三句

一列に韮の字めける韮の花

待庵を模せし茶室や秋蚊とぶ

おぼろげな祖母に従ひ盆支度

山風に揺れて倒れず施餓鬼棚

大文字消えて比叡に連なりぬ

おそろしや西瓜提灯笑ふ顔

星今宵二人家族のひとり留守

かたはらの星には触れず星流れ

小さき市立つも露けき忌日かな

花芙蓉末席へ笑みゆきわたり

柏翠忌虚子も杞陽も立役者

引き絞りわが身を終ふる花木槿

海山のあはひ夕鯛澄める

冷ややかや卍に組める古畳

実石榴や遺句集にある開きぐせ

風狂の幸や不幸や菊枕

汚れざる絵皿も露の世の遺品

秋灯のひとつぶまでも磨かれて

黒塀に細き空あり松手入

摘み過ぎる程が美し松手入

露草の城築きたり坊の跡

磐座を支へて尖る芒かな

荒磴に山気ちりばめ蛍草

仏心は参道に挿す芒にも

深草に訪ふ墓ひとつ茱萸熟るる

山深きここも右京や竹の春

寝かせれば寝釈迦ともなり石の秋

桐一葉落ちて亀石轟かす

芋虫や歩きながらに太りゆく

夜仕事や母の夜なべを嫌ひしに

ネックレス替へて夜学へ向ひけり

余生とも思ふ夜学を怠らず

秋の夜や古き映画のマックイーン

蚯蚓鳴く化石の中の海老と蟹

枝豆やぬるき夜風の摩天楼

帽軽く上げて別れぬ秋の暮

萩芒薙いで到りし祠かな

水奔る一国の秋澄みにけり

営業のスーツにこぼれ金木犀

×点に人々交差秋の風

ちやうど和光の時計台ほどの月

ヴェネチアングラス一つは蘭の花浮かべ

東京の夜景も見慣れとろろ汁

寛斎もケンゾーも亡し秋黴雨

先生の服が好きなり草虱

母すでに聞き止めてをり草雲雀

まはし吹く瓢の実痩せて戻り来ぬ

鳥獣のなかの一つのきりぎりす

三十三才十一も鳥水澄める

小鳥来る一寺のための舟着場

秋の声闇の動いて燭足さる

火祭の名残色なき風の中

叡山に立てば露けき琵琶湖かな

虫籠の中をゆくかに夜の舟路

みづうみに月を残して舟返す

拝見の楽の景色や雁渡し

栗おこは海幸彦へお裾分け

石一つ水平線に月一つ

水澄むや虚子徹底の一生涯

憂さ流す道頓堀や西鶴忌

父の匂ひ残る夜寒の父の椅子

男らは昭和恋しとラ・フランス

山祇を闇に戻しぬ十三夜

耳朶に霧の冷たさ残るのみ

秋深し六区ブギウギくり返し

行きずりの拍手を貰ひ運動会

半分も分からぬ会話蜜柑剝く

しながきの仮名がゆらゆら温め酒

七回忌七たび秋を深うせり

城失せて残る城山鷹渡る

湖の面に竜のかたちの月の道
舟人は陸へ夜寒の灯をかざし

灯台は陸を離るる秋の暮

冬嶺秀

七十四句

光琳の金を散らせり初時雨

傘買うて北山時雨楽しまん

初時雨夜舟用意の小声かな

磐座に獣のぬくみ神迎

豆柿を散らす青空神迎

凩や空が鳴る時人無口

噴くやうに山の黄落始まりぬ

黄落や激しき静寂くり返す

鼺鼠は夜な夜な出かけ神の留守

念仏のひと息長し十夜婆

帯解やわづかに父を遠くして

一夜城築く高張酉の市

対岸は堅田あたりか片時雨

かはらけを一投時雨虹立たす

歌仙巻く地下のビストロ桃青忌

ＡＩに雑味足らざり桃青忌

枯山の骨となりたる観覧車

凍滝にしづく一粒とりこまれ

富士山の幅に開けあり冬座敷

盆栽の松へ落葉の大いなる

人々や国の寒さの駅に立ち

婚の鐘鳴る五十戸の霜の村

冬帽子居眠るやうに覚めてをり

正装のキルトを寒き膝頭

羽根枕大きく重ねある霜夜

沖の冬まとひタンカー入港す

新聞に増ゆる横書き漱石忌

ペリカンは桃色憂しと悴みて

枯るるにも美醜のありぬゑのこ草

枯芙蓉装ふ心なしとせず

老の手の炉火美しく立てなほす

一本は杞陽の植ゑし冬椿

虚子塔へ供華の代はりのひとしぐれ

燭点しゆく白足袋をすべらせて

ふつくらと仏の頬の悴まず

胎内に法灯抱く冬の山

暦売る不滅の法灯傍らに

湯豆腐や語尾ゆるゆると遊ばせて

ひたと閉め障子のうちの浮世かな

闇汁に魚屋からの届け物

鮟鱇を喰らひつくせし形相に

訪へば奥より気配冬安居

泊船に聖夜の酒の届けられ

拭き終へし窓を冬日のづかと入る

着ぶくれて凶ありますと神籤売

短日や閉づる日誌のフェルメール

古日記母の文字と見紛へり

せつかちな人混じりゐる日向ぼこ

弔句ひとつ祝の句二つ十二月

数へ日や結び目固き荷の届く

とぷとぷとワイン大つごもりの音

東京の空みな使ひ初茜

勝手よき三島写しや大福茶

ひらがなの五文字が読めておとしだま

榛原の花柄朱きお年玉

猿廻し太郎の準備待つ次郎

餅花のさゆらぎ虚子の軸応ふ

文房具溢れだしたる五日かな

短冊に杞陽の雪のふりはじむ

木馬館雪の床几を軒に入れ

くもりくる金管楽器雪もよひ

大寒の四十九日となりにけり

待春や忌明けの花を買ひにゆく

雪雲の真下に里の小学校

番小屋の無人のストーブにも薬缶

色足袋やこんぴらふねふね口ずさみ

白鳥の雪をこぼして舞ひ降りぬ

雪女郎雪男には振り向かず

虚子像の冷たき鼻か日を集む

一月や貧乏神が紛れをる

寒見舞名誉教授へ一句添へ

冬深し花屋逆さに花吊つて

寡黙なる夫の口笛日脚伸ぶ

初天神女ばかりのバスに乗り

春水満

七十五句

鎌倉に漁する小舟実朝忌

スケッチを措き春寒の五指伸ばす

女坂なり豊饒のものの芽に
紅梅を栞りて届くプログラム

麗人と佳人出くはす梅の下

うぐひすや蓑虫庵に過客あり

水温む大内山に建つ飯場

平凡な水に戻りしうすごほり

うすごほり水にほだされやすきかな

春の風邪カメオの女俯ける

生涯を浪花女や菊菜買ふ

かき餅がなくなるまでは春火鉢

いにしへの雲の影ゆく春田かな

耳成へかたむく畝傍百千鳥

のどけしや明日香に昔大事件

古唐津は楸邨好み木の芽和

箸置の蕾膨らむ桃の枝

貝寄風や佃島にも住吉つさん

梅百本桜千本かぎろへる

弁天と赤を分け合ひ梅椿

落ちさうに咲き咲くやうに落椿

田楽や大阪まこと食ひだふれ

鳥雲に入る湾岸をひと舐めし

鳥雲に入る淡交に飽きたらず

ひなまつり母にいとこの二十人

鶯餅指にも腹のありにけり

涅槃雪客のなき日も花替へて

料峭の息かけ銀器磨きをり

涅槃寺長き線香奉る

夜の海を染めてゆくなり涅槃雪

畑打つ貸農園を引き当てて

病まれしも逝きたまひしも花の頃

花の闇より一舟の揺れながら

花の下唐変木がうづくまる

行春や一人が最小単位にて

ごきげんようあらあらかしこ春の行く

春月の渡る夜あらん高野槇

立ち止まる僧の視線の赤椿

杉戸絵の花鳥黒ずむ日永かな

惜春の雨の宿りのさるをがせ

護摩を焚く作法複雑亀鳴けり

蠅生まれ少し濃くなる町の陰

春愁をもみくちゃにしてフェスティバル

夕東風やもう椅子だけとなるリフト

春愁をおくべき雲のひとつなく

紙風船金魚の口へ息を入れ

はにかみてふくらみすぎるしやぼん玉

食ふ一人もの書くひとり暖かし

柳絮とぶ余呉に羽衣物語

活版の戀と印字や紙の春

若冲の象まつ白しあたたかし

初蝶もこぼるる花もけふ虚子忌

爪先のラメに散らばる春灯

櫂の先触れてくづるる蜃気楼

封蠟の匂ひ残れり荷風の忌

陽炎や止めの鬼門裏鬼門

菜園に取材来てをり春大根

桜まじ稚児行列の色散らす

別室に雛飾りある逮夜かな

百年の灯し染みこみゐる雛

主なき雛となりぬ灯を入るる

弔ひに集ふ誰れかれあたたかく

先生の亡き春の山春の川

見覚えの赤を帰天の花衣

鐘鳴るや宇陀は大きな花の闇

声上げぬ蝶に視線を引つぱられ

惜春やしづかなるもの狂ふもの

朧夜や海へはりだす能舞台

万愚節月の後ろに月の影

西行は法師なりけり山桜

庵訪ふ女人ばかりやうららけし

真言を唸り吉野の虻来る

明王の古りし憤怒の日永かな

ふらここやさくらさくらの時報鳴る

葛うどんふにやりと春の行きにけり

句集　弄花　畢

あとがき

第一句集『ブルーノート』以来、はや八年が経過した。その間の二〇一六年から二〇二二年六月までの句をまとめた。

八年前、初めて句集を作ってみて、本作りの面白さを味わった。判型やデザイン、紙質、文字の種類、余白等々一つずつ決めていく作業がとても新鮮だった。とはいえ、簡単に次が出せるはずもなく、あっという間に今に至った。

この間、世界的にはコロナ禍の三年があり、個人的には俳句の師である森田昇先生、稲畑汀子先生が相次いで亡くなられた。昨年は、最も身近な俳句の先輩であった母も逝った。今、七十歳を目前にして初めて俳句の孤児になった気がしている。特に母はこの句集の完成を待ってくれていただけに悔やまれる。

句集名は、わが家に時々掛ける軸「弄花香満衣」からとった。これは私の結婚祝に禅寺の住職が揮毫し贈ってくださったもの。祖父の代から随分親しくお世話になった方で、本書冒頭の登場人物でもある。

軸の言葉は、唐の「春山夜月」という詩の一節から来ている。

掬水月在手　水を掬すれば月手にあり
弄花香満衣　花を弄べば香衣に満つ

深い意味があるのかもしれないが、私はこの文字通りに季節の中で軽やかに俳句と遊びたい、とその境地を勝手に解釈している。

この度の刊行にあたって多大なるサポートをいただいた朔出版の鈴木忍氏、美しい装丁をしてくださった奥村靫正氏、星野絢香氏に御礼申し上げます。

また、諸先生方、多くの句友はじめ俳句の時間を共有してくださるすべての皆様、いつも見守ってくれている家族、とりわけ夫へ心よりの感謝を記します。

前回に引き続きディレクションを担当してくれた娘にも感謝します。皆様のおかげで、今回も句集作りを楽しむことができました。

二〇二四年九月三日　母の一周忌に

田丸千種

著者略歴

田丸千種（たまる　ちぐさ）

1986年頃より京極杞陽門の森田昇先生（福井県小浜市在住）に俳句の手ほどきからご指導を受け、2022年の昇先生ご逝去まで続いた。1996年より「ホトトギス」所属。2004年より同人誌「YUKI」参加（2019年終刊）。2007年より「花鳥」所属。

第26回日本伝統俳句協会賞
第5回蕪村賞奨励賞（『ブルーノート』）
日本伝統俳句協会常務理事

現住所　〒156-0053　東京都世田谷区桜3－17－13－608

句集　弄花《ろうか》

2024年12月8日　初版発行

著　者　　田丸千種

発行者　　鈴木　忍

発行所　　株式会社 朔《さく》出版
〒173-0021　東京都板橋区弥生町49-12-501
電話　03-5926-4386　　振替　00140-0-673315
https://saku-pub.com　　E-mail　info@saku-pub.com

装　丁　　奥村靫正・星野絢香／TSTJ
ディレクション　　坩堝
印刷製本　　中央精版印刷株式会社

ISBN978-4-911090-18-3　C0092　¥2500E